Otto Hausner

Über den Zweikampf: Geschichte, Gesetzgebung und Lösung

Antigonos

Otto Hausner

Über den Zweikampf: Geschichte, Gesetzgebung und Lösung

Unveränderter Nachdruck der Originalausgabe von 1880.

1. Auflage 2024 | ISBN: 978-3-38694-592-9

Antigonos Verlag ist ein Imprint der Outlook Verlagsgesellschaft mbH.

Verlag: Outlook Verlag GmbH, Zeilweg 44, 60439 Frankfurt, Deutschland
Vertretungsberechtigt: E. Roepke, Zeilweg 44, 60439 Frankfurt, Deutschland
Druck: Libri Plureos GmbH, Friedensallee 273, 22763 Hamburg, Deutschland

Ueber den Zweikampf.

Geschichte, Gesetzgebung und Lösung.

Rede

gehalten in Wien am 17. März 1880 zu einem gemeinnützigen Zwecke

von

Otto Hausner

Reichsraths-Abgeordneter.

Wien 1880.

Verlag der „Alma mater"
II. Praterstraße 28.

Commissions-Verlag: Moritz Perles,
I. Bauernmarkt 11.

Druck von W. Stein, Wien, I. Bauernmarkt 11.

Was ist das Duell, der Zweikampf? Diese Frage kann müßig, ja kindisch erscheinen, da ja schon die Zusammensetzung des deutschen und des lateinischen Fremdwortes so wie des griechischen Monomachia keine Erklärung bringt, da ja die Definition: „Ein Einzelkampf, welchen zwei Personen freiwillig nach vorhergegangener Verabredung, in Folge einer durch eine Beleidigung motivirten Herausforderung ausfechten" Jedem geläufig ist. Und dennoch, forscht man weiter nach, prüft man Herz und Nieren eines Jeden, so erhält man schnurstraks zuwiderlaufende Ansichten, himmelweit von einander entfernte Begriffe. Hören wir einige — nicht unberufene Stimmen dafür und dawider: Heilige Bundeslade der makellosen Ehre, aus geschwundener, ritterlicher, poesieverklärter Vergangenheit gerettet, sagt Graf Chateauvillard. Bester Beweis von Muth und Kraft, sagt der Utilitarist Hobbes, die Ehrenhaftigkeit durch den Beweis der Todesverachtung bewährt, sagt Oberbürgermeister Naumann. Germanischer Urbegriff, daß Ehre mehr werth ist als Leben, sagt Staatsanwalt Günther. Letzter Rest von Verantwortlichkeit vor Gott und den Menschen, der bestehen muß, um die Welt nicht in den Schmutz der materiellen Interessen, in Feigheit und Gesinnungslosigkeit versinken zu lassen, sagt Hermann Wagener's Staats- und Gesellschaftslexikon.

Hören wir die Gegner: Den Wäldern und Wilden des Nordens entnommener brutaler Brauch, sagt der Anthropolog Tagliabue. Verderbliches Vorurtheil von dem Genius der Finsterniß zur Schmach der Menschheit fortgepflanzt, sagt der Kanzelredner P. Ventura. Narreneinfall, welcher die Ehre vertheidigen will, indem er ihr die Verbrecherjacke umhängt, sagt Rousseau. Auflehnung gegen Gott und die öffentliche Ordnung, welche den Thäter zwischen Bravo und Gladiator stellt, sagt Präsident Debregue.

Racheact und nicht Ehrensache, welcher den Duellanten nicht höher stellt, als den Gladiator, sagt Kaiser Josef II.

Falsches Ehrgefühl, welches das dem Vaterlande angehörende Leben einer elenden Privatsache opfert, sagt Napoleon Bonaparte. (Tagesbefehl in Egypten.)

Keine Frucht der Freiheit, sondern Tyrannei einer Ehrbegriffsfälschung, sagt Clauzel.

Hoch über diesen Uebertreibungen in zwei extremen Richtungen steht die weise, gemäßigte Ansicht Bentham's, der ich mich vollständig anschließe: Das Duell ist die Ergänzung der Unzulänglichkeit der Gesetzgebung.

Daß aber diese Ergänzung noch immer nothwendig ist, daß aber das Duell noch immer besteht, daß es noch immer und zwar vorwiegend in den höchsten, glänzendsten, gebildetsten Kreisen geübt wird, vor Allem aber daß es zugleich verpönt und gestattet, verboten und geboten ist, daß an einen Jeden, den Reinsten und Friedlichsten, jederzeit die Nothwendigkeit herantreten kann, zwischen Sünde und Schande zu wählen, das ist für Jeden, der denkt und für seine Mitmenschen das Gute will, ein greller Mißton in der Harmonie unserer gesellschaftlichen Entwicklung, eine Anomalie, welche zur Beseitigung, ein Räthsel, welches zur Lösung herausfordert. Daß diese Beseitigung, diese Lösung noch nicht erfolgt ist, dafür trifft die Verantwortung in erster Reihe die Regierungen und die Volksvertretungen. Der praktischeste aller Philosophen, Schopenhauer, hat es bereits in glänzender Ausführung dargethan. Nicht also um Diejenigen zu verdammen, denen die Pistole oder der Degen in die Hand gedrückt wird, aber um an Diejenigen zu appelliren, die kraftlos eine schwankende Waage und ein Themisschwert von Pappendeckel handhaben, habe ich diese Rednerbühne bestiegen.

Und um das Unfaßbare und Peinliche der Frage für uns continentale Europäer zu vermehren, sehen wir ein großes, tapferes, in jeder ritterlichen Uebung hochgeschultes Volk, in dessen Adern die Kampflust mächtig pocht, die Engländer, welche den Zweikampf ohne Sang und Klang fast spurlos beseitigt haben, ohne daß wir es nachzuahmen vermöchten, da sich die angewandten legislativen Mittel bei

uns ohnmächtig und fruchtlos erweisen würden, da bei uns die Ge=
setze nicht wie dort aus den Anforderungen der öffentlichen Meinung,
aus dem Bedürfnisse der Sitten, als Ergebniß der Ueberzeugungen
hervorgehen und weil sie wiederum bei uns nicht so unmittelbar und
lebhaft auf Sitten und Meinungen zurückwirken, weil diese frucht=
bringende Wechselwirkung zwischen Sitte und Gesetz bei uns nicht
vorhanden ist. In dieser wie in so mancher anderen Beziehung
scheinen die grauen Fluthen des Canal la Manche das Verständniß
zwischen England und dem Continent unbesiegbar zu verhindern.
Doch ehe wir die Möglichkeit einer Lösung auch für uns in's Auge
fassen, werfen wir einen Blick in die Vergangenheit.

Dem Alterthum, dem biblischen sowohl, wie dem classischen,
war der Zweikampf in unserem Sinne unbekannt. Der Begriff der
Ehre war ein anderer. Bei den Hebräern mit Frömmigkeit und
Tugend zusammenfallend, war die Ehre bei Griechen und Römern
Ergebniß und Krönung des sittlichen Menschenwerthes, der wackern
bürgerlichen Pflichterfüllung. Niemand als der Staat konnte sie
nehmen, und wer sie antastete, wurde entsprechend und doppelt, durch
das Gesetz und durch die öffentliche Meinung bestraft. Damit entfiel
jeder Beweggrund zu Ehrenhändeln. Der Kampf Davids mit Goliath,
Hector's und Achilles', Aeneas' und Turnus', der Horatier und Curiatier,
Man. Torquatus', Valerius Corvus' und ähnliche galten der öffent=
lichen Sache, sie gehören nicht hieher, nicht mehr wie die Preis=
kämpfe der Griechen oder die Gladiatorenspiele der Römer, vielmehr
in die Kriegsgeschichte, da sie bloße Schlachtenepisoden waren, wo
durch das Los die Entscheidung der Waffen in die Hände Einzelner
anstatt der Kriegsschaaren gelegt wurde. Die Grundidee des Duells,
wie wir es definirt haben, war sowohl dem Jehova=Diener, als den
griechischen und römischen Polytheisten völlig fremd. David hatte
die Sendung, den verruchten Feind des auserwählten Volkes zu ver=
tilgen. Ob dies in der Massenschlacht oder im Einzelkampf oder
auch ohne Kampf geschah, war von untergeordneter Bedeutung. Der
abgeschnittene Kopf des gottlosen Gegners war die Hauptsache, das
beweist die stets neben David gepriesene Judith, nach unseren
Begriffen eine tückische Mörderin. Der Graf Du Verger de St.

Thomas sagt in seinem Werke: „Nouveau Code du duel", daß die Griechen und Römer den Zweikampf nicht kennen konnten, da sie Heiden waren und den christlichen Glauben an die göttliche Allwissenheit und Vorsehung, welche dem Duelle zu Grunde liege, nicht besaßen. Nachdem der Verfasser die der christlichen Institution des Duells entbehrenden Heiden Plato und Perikles, Leonidas und Scipio ein wenig bemitleidet hat, vergißt er einige Seiten später diese seine Folgerungen gänzlich und erzählt wohlgefällig, wie die Gallier, seine Urvordern, sich bei jedem Anlaß und auch ohne Anlaß duellirten, trotz ihres Druiden-Cultus, und daß selbst die Hohepriesterwürde bisweilen der Preis glücklicher Zweikämpfe war. Doch hatten wohl diese gallischen Duelle eher den Charakter von Raufhändeln mit tödtlichen Waffen, wie sie bei rohem und heißblütigem Volke überall und zu allen Zeiten vorkommen. Das Duell als Ehrenrettung ist zweifellos christlich = germanischen Ursprungs, Abkömmling des gerichtlichen Kampfes oder Gottesgerichtes, obgleich es schon zu Zeiten dieses letzteren als verpönte Abart bestand.

Das Christenthum hat, nachdem es die Wiedergeburt der Menschheit vollendet, inmitten der unvertilgbaren Segnungen, welche es verbreitete, wiederholt durch die einseitige Entwicklung gewisser von demselben neu aufgestellter Auffassungen der Glaubenssätze den Anlaß zu Verirrungen gegeben, die namentlich im Zeitalter des Rationalismus, im 18. Jahrhundert, eifrigst gegen dasselbe ausgenutzt wurden. So führte die Auffassung von der Nichtigkeit irdischer Schönheit zur Verachtung des Kunstsinnes und zur Zerstörung von Kunstwerken, was sodann durch das Aufblühen der christlichen Kunst im 14. und 15. Jahrhundert herrlich gesühnt wurde. So entstanden aus dem Glauben an göttliche Fügung in den Einzelnheiten des Menschenlebens die gerichtlichen Zweikämpfe. Von tiefster Bedeutung aber ist es, daß die Religion, welche in ihrem Grundwesen sich so überraschend dem Christenthum nähert, der Buddhaismus, bei völlig verschiedener Entwickelung des Cultus und der Sitten bei den meisten seiner Bekenner, Japanesen, Mongolen, Thibetanern und Anamiten, ebenfalls den Zweikampf, zum Theile in abschreckendster Form, dem Harikiri, gefördert hat, während die Hunderte von Millionen Bekenner des Brahmaismus und des Islam, welche das Christenthum von dem Buddhaismus trennen, keinen Zweikampf und keine Ehrenhändel kennen und der ritterlichste arabische Scheich verächtlich die Achseln zuckt bei dem Gedanken, man könne ihm die Narretei zumuthen, daß er Jemandem, der ihm einen Schimpf zugefügt oder seine Frau verführt hat, noch die Gelegenheit biete, ihm eine Kugel in den Leib zu jagen.

Das erste geschichtlich erhärtete Vorkommen des Zweikampfes fällt in das vierte Jahrhundert, bei den Westgothen. Das erste Gesetzbuch, welches das Gottesgericht einführte, ist das burgundische König Gundebalds aus dem Anfang des sechsten Jahrhunderts, worauf es in die Gesetze der Baiern, Thüringer, Friesen, in den Schwabenspiegel und Sachsenspiegel und in das longobardische Recht aufgenommen wurde. Das salische Gesetz enthielt es nicht, was jedoch die Verbreitung des gerichtlichen Zweikampfes bei den Franken nicht hinderte. Dem gegenüber zeigte sich die Kirche lange Jahrhunderte hindurch unschlüssig und entzweit. Prälaten, Heilige und Päpste empfahlen, ja befahlen die Gottesgerichte, Prälaten, Heilige, Päpste und Concile verdammten es. Papst Martin IV. excommnnicirte einen Ritter, weil er sich zum gerichtlichen Zweikampf nicht gestellt hatte. Hingegen excommunicirte das Concil von Valence unter Leo IV (855) Jeden, der im Zweikampf getödtet oder verwundet hatte. Doch ehe man staunt oder lächelt, daß in jenen finsteren Zeiten Jemand, ob er sich schlug oder sich nicht schlagen wollte, gleichmäßig excommunicirt werden konnte, so bedenke man früher, daß wir noch so ziemlich auf derselben Höhe rationeller Gerechtigkeit stehen und ein Officier, der eine Herausforderung ausschlüge, gezwungen würde, den Dienst zu verlassen, wenn er sich aber erfolgreich schlägt, auf die Festung kommen kann. Nehmen wir es daher ganz bescheiden objectiv hin, daß der heilige Agobard von Lyon eifrig die Abschaffung des Gundebald'schen Gesetzes betrieb, während der Bischof Peter von Novara selbst als Kämpfer im Gottesgericht auftrat. Aus welchen unglaublich geringfügigen Anlässen diese Kämpfe erfolgten, beweist eine der Stadt Orleans (1167 von Ludwig dem Jüngeren) verliehene Charte, welche gerichtliche Kämpfe um Schulden unter 5 Sols untersagte.

Der erste weltliche Herrscher, der entschieden gegen die gerichtlichen Zweikämpfe auftrat, war Ludwig der Heilige, der in seinen Etablissements (1260) den Zeugenbeweis als die Regel, das Gottesgericht als die seltene Ausnahme hinstellte. Philipp der Schöne verbot sie 1303 ganz, mußte aber schon drei Jahre später Ausnahmen zulassen. Das letzte Gottesgericht fand in Frankreich 1387 unter Carl VI. statt, zwischen Jean de Carrouge und Jaques Legris, welcher Letztere, angeklagt, die Frau des Ersteren entehrt zu haben, getödtet wurde, worauf nach seinem Tode seine Unschuld an den Tag kam. Doch gleichzeitig mit dem Verfalle des Kampfes zum Beweise von Schuld oder Unschuld schoß der Kampf zur Sühnung von Beleibigungen in die üppigste Blüthe. Dieser trat anfänglich gleichfalls mit dem ganzen Nimbus der Oeffentlichkeit, Feierlichkeit und Gesetzlichkeit auf. Die Erlaubniß des Königs wurde nachgesucht, das Cartell wurde durch einen Herold im Namen des Königs überbracht, der König war häufig als Zuschauer, Zeuge und Beender des Kampfes durch Dazwischenwerfen seines Scepters zugegen. Doch als bei dem riesigen Anwachsen der Ehrenhändel die Erlaubniß zum Kampfe immer häufiger verweigert wurde, umging man sie, sah dann gänzlich davon ab, die Formalitäten vereinfachten sich und entarteten, man schlug sich mitunter ohne Zeugen oder die Zeugen thaten mit und endlich, zu Ende des 16. und zu Beginn des 17. Jahrhunderts war das Duell in Frankreich zu einer furchtbaren Landplage geworden, welche den Abel auszurotten drohte. Sully sagt in seinen Denkwürdigkeiten, daß in den 17 Jahren der Regierung Heinrich's IV. 1589 bis 1606 über 4000 Edelleute im Duell fielen, also 230 jährlich. Pierre de l'Estoile nimmt gar für 19 Jahre 8—9000 Gefallene an. Halten wir uns aber an die mäßigere Ziffer des großen Staatsmannes. Sie ist noch immer grauenhaft hoch, denn Frankreich hatte damals weit weniger als die Hälfte seiner jetzigen Bewohnerzahl und da der Abel sich durch Ernennungen und Adoptionen seit drei Jahrhunderten noch mehr als die übrige Bevölkerung vermehrt hatte, so kann für jene Epoche die Zahl der erwachsenen, kampffähigen französischen Adeligen im allerhöchsten Falle auf 20·000 geschätzt werden, wofür die natürliche jährliche Sterbeziffer etwa 400 wäre.

Auf zwei natürliche Todesfälle kam also beim damaligen Adel eine Tödtung im Duell, ein Verhältniß, wie es kaum die verheerendsten Kriege bringen. Der geistliche und der weltliche Arm wetteiferten daher in gewaltigen aber fruchtlosen Anstrengungen, um dem Uebel zu steuern.

Die Kirche, in jener Zeit schon vollkommen einig in ihrer Auffassung, verdammte die Duelle auf dem Conzil von Trient (25. Sitzung, Capitel 19 de reformatione) in nachdrücklichster Weise, excommunizirte Kämpfer und Zeugen gleichmäßig und verweigerte den Gefallenen das ehrliche Begräbniß in geweihter Erde.

Die weltliche Justiz bewahrte anfänglich eine größere Mäßigung und die Ordonnanz von Marchois Carl's des IX. (1566) nahm vernünftiger Weise zuvörderst auf die Ahndung der Beleidigungen Bedacht. Aber im Jahre 1602 sah sich Heinrich IV. erschüttert durch die Blutthaten rings um ihn her, zu dem Edict von Blois veranlaßt, welches über die Duellanten die Todesstrafe und Vermögens-Confiscation verhängte und zuerst in den verhängnißvollen Fehler verfiel, den fortan fast alle Strafgesetzgebungen in Betreff des Duells bis auf die Jetztzeit begingen, durch eine übertriebene, den herrschenden Sitten und geläufigen Begriffen keine Rechnung tragende Strenge abschrecken zu wollen, was erst Beccaria, der Verfasser der „dei delitti e delle pene“, mit den so einfachen und klaren Worten widerlegt: Nicht die Schwere, aber die Sicherheit der Strafe ist es, welche abschreckt. Nun erschüttert das Uebermaß der Strenge die Sicherheit des Vollzugs in ganz directer Weise, und welcher Art die Sicherheit der von Heinrich IV. angedrohten Strafen war, erhellt aus den 7000 Gnadenbriefen, in welchen er binnen sechs Jahren die Nachsicht der Strafe zusagte. Noch weiter ging der scheinbare Drakonismus in Ludwigs XIII. Edict von St. Germain 1623, in welchem alle Secundanten mit dem Tode bedroht wurden. Der junge König schwor, aus Anlaß der Tödtung eines Baron de Luz durch den Chevalier de Guise, niemals einen Gnadenact für Duelle zu unterschreiben, worauf derselbe Guise auch den Sohn des Barons de Luz tödtete und — unbestraft blieb, weil man durch diese Amnestie seine Familie von der Condé'schen Partei abziehen wollte. Die Raserei der Duelle stieg in beispielloser Weise. Man schlug sich bei hellem Tage in den belebtesten Straßen von Paris, wobei alle Secundanten mitkämpften, bei Fackelschein, in den königlichen Gärten. Bei einem Duell Bussy Rabutin's bietet sich ein unbekannter Edelmann als Theilnehmer an, doch zeigt es sich auf dem Kampfplatze, daß man fünf gegen vier sei. Man entsendet einen Boten, welcher auf dem Pontneuf einen vorübergehenden Mousquetaire einladet, und dieser geht für Unbekannte in den Todeskampf gegen Unbekannte, aber gegen Landsleute und Standesgenossen. Während der Minderjährigkeit Ludwig XIV. schätzt man die im Duell Gefallenen auf 500 im Jahr. Einmal setzte Richelieu die Hinrichtung aller sechs Theilnehmer eines auf der Place royale stattgehabten Duells durch. Unter jenen befand sich auch ein Montmorency. Dieses vereinzelte Beispiel unnachsichtlichen Strafvollzuges wirkte nur wenig, ebenso die Edicte von Paris (1643 und 1651), worin allen Theilnehmern, ja den Kindern derselben Adelverlust und Infamie angedroht und die Vermögenseinziehung der Duellanten zu Gunsten der Spitäler verfügt wurde, mit Ausschluß eines Drittels, welches den Anzeigern des Duells zufiel. Und dennoch war es nicht dieser Superlativ der unmöglichen Härte, sondern die richtigeren Bahnen, in welche Ludwig XIV. später einlenkte, die von ihm gestiftete Liga des öffentlichen Wohls, deren Mitglieder schworen, keine Herausforderung anzunehmen, die von nachhaltigen Erfolgen begleitet war. Die Beschwichtigung der Hochfluth der Leidenschaften nach Beendigung der Bürgerkriege, die Milderung der Sitten in Folge des Eindringens humanitärer Bildung, der Wissenschaft und Kunst in die Kreise des Adels machten eben das Zustandekommen jener Liga möglich und gestatteten ihr, wenigstens das Uebermaß und die Auswüchse des Duells zu beseitigen. Die furchtbaren Strafandrohungen der Edicte aber blieben nach wie vor meist unausgeführt, da die Maßlosigkeit derselben stets das Mitleid mit den Duellanten nicht nur bei den Richtern, sondern bei den Monarchen selbst weckte und die Vollstreckung hinderte.

Der Tod Ludwigs XIV. und die Anarchie während der berüchtigten Regentschaft entfesselten die Duelle von Neuem, welche nun, während der kraftlosen Regierung Ludwigs XV. und dem Zersetzungsproceß der höheren Gesellschaftsschichten unter Ludwig XVI., zwar ohne den Scandal der öffentlichen Schaustellung .und des Mitkämpfens der Secundanten, aber regelmäßig und meist straflos ihren Verlauf nahmen, bis die große Revolution mit ihrer eisernen Faust ·die Duelle sammt hundert anderen Gebräuchen und Mißbräuchen wegfegte. Die große philosophische Bewegung, welche derselben vorherging, wandte sich auch gegen die Zweikämpfe. Der große Stylist Bernardin de St. Pierre widmete ihrer Verurtheilung eine seiner formvollendetsten Tiraden, und Jean Jacques Rousseau erschöpfte den reichen Schatz seiner Dialektik, um die Sinnlosigkeit des Duells darzulegen. Und dennoch kann man mit Recht sagen, daß Rousseau nur Diejenigen vom Duell abgehalten hat, die sich ohnedem auch nicht geschlagen hätten. Denn einige seiner treffendsten Argumente wenden sich schließlich gegen ihn selbst. Wenn er beispielsweise sagt, daß das Duell nicht einmal eine Muthprobe sei, was zugegeben werden kann, so ist diese Wahrheit nur ein Beweis, daß die Schutzlosigkeit der Ehre, wie sie einmal von Zahllosen aufgefaßt wird, daß die Straflosigkeit von Ehrenbeleidigungen selbst den minder Nervenstarken, den am Leben Hängenden in den Zweikampf treibt, weil die Gesetzgeber eben nichts Besseres, nichts Wirksameres zu Schutz und Sühne auszusinnen und durchzuführen vermochten, und wenn Rousseau weiter sagt, daß das beste Recht, die heiligste Sache durch eine zu tiefe Terz kläglich schlecht geschützt würden, so wäre darauf zu erwidern, daß man schließlich dieses sein gutes Recht noch eher einer unsicheren Parade, als einem unsinnigen Gesetzes-Paragraphen, der eine Ohrfeige mit einer Geldstrafe sühnt, anzuvertrauen geneigt ist.

Die napoleonische Epopöe stellte neben dem Cultus, der Monarchie und dem Adel auch die Duelle wieder her und zwar auf der Basis völliger Straflosigkeit, denn weder der Code von 1791 noch auch der Code Napoléon von 1810 thut des Duells als eines Vergehens irgendwie Erwähnung. Und so kam es, daß inmitten des Schlachtengebrülls, welches ganz Europa durchtoste, die Duellpistolen wieder lustig knatterten und mancher wackere Vaterlandsvertheidiger wegen eines mißliebigen Wortes oder einer anrüchigen Schönen von der Hand des Landsmannes fiel. Zu den gefürchtetsten Raufbolden gehörte der General Dupont, welcher durch die Capitulation von Baylen die französische Waffenehre befleckte. Einen ganz ausschweifenden und ingrimmigen Charakter nahm aber das Duell nach der Rückkehr der Bourbonen an, als die auf Halbsold gesetzten Ueberbleibsel der großen Armee sich täglich mit den ruhmlosen jungen Gardes du Corps maßen. Ein Duell auf Dolche im geschlossenen Fiaker, in welchem der berüchtigte Oberst Dufay einen neunzehnjährigen Officier tödtete, blieb wie alle anderen ungeahndet. Die Stadt Bordeaux aber wurde jahrelang durch einen Marquis Lignano mit einer Schaar von Genossen in Schrecken und Trauer gestürzt. Von der teuflischen Frechheit dieses Unmenschen nur zwei Beispiele. Er vertritt auf der Straße einem ihm unbekannten jungen Ehepaar den Weg mit den Worten: „Ich habe gewettet, Ihrer Frau einen Kuß und Ihnen eine Ohrfeige zu geben." Dem Worte folgt die That. Hierauf Duell und Tödtung des unglücklichen Neuvermälten. Einem Officier hält er auf der Promenade den Spazierstock wagrecht vor: „Hop, springen Sie oder ich schlage." Ein flacher Säbelhieb folgt als Antwort, und am anderen Tage ist der Officier eine Leiche. Erst als mehrere hundert junge Leute sich verpflichteten, keine Herausforderung anzunehmen, nur zu Vieren mit Bleiknütteln bewaffnet auszugehen und jeden Angreifer niederzuschlagen, nahm dieses Treiben ein Ende. Nach der Juli-Revolution brach unter den Journalisten der verschiedenen Parteien eine förmliche Duell-Epidemie aus, und in den Redactionen wurden neben den Pränumerations-Verzeichnissen Duell-Listen zum Einschreiben aufgelegt. Binnen vier Jahren wurden 180 Duelle in der Presse ausgefochten und erst der Tod des selbst von den Gegnern betrauerten Armand Carrel brachte einen Stillstand in diese neue Art thätlicher Polemik. In den Jahren 1837 und 1845 wurde auf Betreiben des Großprocurators Dupin durch Arrêt des Cassationshofs die Tödtung und Verwundung im Duell dem gemeinen Todtschlag oder der gewöhnlichen Körperbeschädigung gleich erklärt. Doch die Jury sprach regelmäßig jeden Angeklagten frei, und bis zum heutigen Tage haben Minister und Diplomaten, Deputirte und Advocaten, Künstler und Schriftsteller nicht aufgehört zur Waffe zu greifen, meist um Worte zu vertheidigen oder zu ahnden. Ich lese ganz summarisch unter den Kämpfern die Namen: Lamartine, Bugeaud, Thiers, Bixio, Pyat, Clémenceau, Cassagnac, Vater und Sohn, Rochefort und Gambetta auf. Ich habe mich so lange bei Frankreich aufgehalten, weil der germanische Zweikampf in diesem entgermanisirten Lande die höchste Blüthe, die vollendetste Meisterschaft und auch den ausschweifendsten Mißbrauch fand, und eine Literatur von unglaublicher Fülle erzeugt hat, die über Wesen, Vorschriften, Geschichte, Philosophie und Gesetzgebung des Duells vollen Einblick gewährt, und welcher keine andere Literatur im Entferntesten gleichkommt.

Im übrigen Europa war die geschichtliche Entwicklung des Duells derjenigen in Frankreich ähnlich. Die Gottesurtheile verschwanden zuerst in Italien, mit Beginn des 13. Jahrhunderts, zumeist durch die Bemühungen Papst Cölestin III. Der außergerichtliche Zweikampf aber fand sorgfältige Pflege und zahllose Spadassini von hoher Meisterschaft. Die berühmte Sfida di Barletta, in welcher 13 Italiener 13 Franzosen besiegten (1530), lebt noch im Volksmunde. Das Wüthen der neapolitanischen (1540) und piemontesischen (1643) Strafgesetze mit Tod und Confiscation blieb so erfolglos wie anderwärts. Im Deutschen Reiche stützten die Kaiser Otto I., Otto II. und Heinrich II. das Gottesgericht durch eigene Gesetze. Erst Rudolf I. von Habsburg, dieser so vielfach seiner Zeit vorauseilende Geist, schränkte sie zu Gunsten des Eides auf wenige Fälle ein. Jedoch am zersetzendsten wirkten die Privilegien der Reichsstädte ein, deren Bürger sich überall die Befreiung vom gerichtlichen Zweikampf erwarben. Der Landfrieden Kaisers Maximilian I. (1495) machte der ganzen Institution ein Ende, obgleich die Landgerichte von Fürth und Würzburg bis in das 17. Jahrhundert hinein noch einzelne Fälle gestatteten. Die außergerichtlichen Zweikämpfe aber blieben, wie das Reichskammergericht ausdrücklich anerkannte, zulässig. Die peinliche Halsordnung von 1532 erwähnt ihrer nicht, was kein Wunder ist, da der Kaiser Carl V. zweimal (1528 und 1536) König Franz I. herausforderte, das zweitemal aus dem edlen Beweggrund, um das allgemeine Blutvergießen im Kriege zu vermeiden. F r a n z I. lehnte aber ab, ohne daß dies seinem Rufe als roi chevaleresque geschadet hätte. Erst 1668 wurden durch kaiserliches Reichsgutachten die Duelle und Bälgereien an Leib und Leben gestraft. Die furchtbarste Grausamkeit athmet das Strafedict des großen Kurfürsten F r i e d r i c h W i l h e l m (1688), das Todesstrafe, unehrliche Verscharrung und Vermögenseinziehung verordnet. Nicht viel milder war das fast gleichzeitige österreichische Gesetz (1682).

In Spanien kamen nach der Kirchenversammlung von Toledo (1473) keine gerichtlichen Kämpfe mehr vor. In England aber wurden sie in Criminalsachen bis in das 19. Jahrhundert nie förm= lich abgeschafft. Erst als 1817 ein gewisser, wegen Tödtung eines Mädchens angeklagter T h o r n t o n den gerichtlichen Kampf zum Beweise seiner Unschuld anbot, wurde 1819 das veraltete Gesetz durch Parlamentsacte aufgehoben. Das erste Strafgesetz gegen unbe= fugte Duelle (1614) erklärt dieselben als Todtschlag und Majestäts= beleibigung und bedroht sie mit dem Tode. Hingegen wurde die Herausforderung oder das unschädlich verlaufende Duell sehr gelinde behandelt. C r o m w e l l verhängt über solche, die er gleichwohl als Gott mißfällig und der guten Ordnung zuwider erklärt, blos sechs Monate Haft. Die englische Strafgesetzgebung, welche je nach dem zufälligen Erfolg eines Schusses oder Stichs dieselbe That dem gemeinen Todtschlag assimilirt oder als Bagatelle behandelt, gehört daher zu den widersinnigsten, und wir sehen auch den größten britischen Staatsmann Pitt, den größten Redner C a n n i n g (1809) und den größten Kriegshelden W e l l i n g t o n, schon als Feld= marschall und Minister=Präsident (1829) dem Duell fröhnen. Der Anstoß zur Abschaffung des Duells ging von der Armee und vom Militärstrafgesetzbuch aus, welches (1844) neben ganz ungerechten Bestimmungen (Verlust des Pensionsrechtes der Witwe eines im Duell Gefallenen) sehr weise Verfügungen über Ehrenbeleidigungen in Wort und That und über die vier Stufen der Erklärung, Entschul= bigung, Genugthuung und Ahndung, welche denselben folgen müssen, enthielt. Diese Verfügungen trafen auf einen so wohl vorbereiteten Boden, sie fanden ein so günstiges Entgegenkommen, daß sich sofort eine mächtige Anti-Duellgesellschaft bildete, der 17 Admiräle, 60 Generäle, 203 Land- und 189 Seeoffiziere und über 500 Lords und Unterhausmitglieder beitraten. Und siehe da, nach 30 Jahren finden wir die Genugthuung durch die Waffen von dem englischen Boden fast verschwunden, und die seltenen Ausnahmen bringen den Theilnehmern Ausschließung aus der guten Gesellschaft und den Makel gefährlicher Verrücktheit. Das „Wie" des Vorgangs entzieht sich aber der genauen Analyse und noch mehr der Nachahmung. Einen krassen Gegensatz hiezu bietet der jüngere angelsächsische Zweig in Amerika. Dort haben das Zusammenströmen eines buntscheckigen Völkergemisches, die primitiven Lebensverhältnisse der Squatters und Placers den rohen Zweikampf auf Messer nnd Carabiner, ohne Zeugen, endlich die scheußlichste Entartung des Duells, welche die Hand des Lebensfreudigen zum Selbstmord zwingt, wie ein häßliches Unkraut auf ungeackertem Boden, zu Tage gefördert. Hingegen soll Portugal, nicht nur in commercieller, sondern auch in sittlicher Richtung englischem Muster folgend, in ähnlicher socialer Weise das Duell verbannt haben. Es wird versichert, daß dort dem Duellanten sich alle Thüren verschließen und selbst alte Freunde ihm den Rücken kehren.

Auf dem übrigen europäischen Continent aber herrscht nach wie vor, unbekümmert um die Strafgesetze und meist unbeirrt von denselben, das Duell in allen jenen Kreisen, deren Ehrbegriffe mit der bestehenden gesetzlichen Behandlung der Ehrenbeleidigungen sich nicht versöhnen können.

Das allmälige tiefere Eindringen allgemeiner Bildung, welche Rohheiten und Injurien in immer weiteren Kreisen äußerst selten macht, das Vorherrschen kühler Reflexion oder eines phlegmatischen Temperaments bei der jüngsten Generation, vielleicht auch der furchtbare Ernst der wirthschaftlichen Fragen, welcher Alle ergreift und die Zahl der Unbeschäftigt-Genießenden zusammenschmelzen macht, Alles das hat auf die Zahl und die Schwere der Duelle mindernd und mildernd eingewirkt, wobei ich von den deutschen Studentenpaukereien absehe, da dieselben wegen der beobachteten Vorsichtsmaßregeln wohl als ein Mittelding zwischen ritterlicher Uebung und Zweikampf angesehen werden können.

Trotz dieses status quo amélioré kann auf dem europäischen Continent noch immer, nach wie vor, Jeder, der auf sich etwas hält, an etwas hängt und zu etwas gezählt werden will, jederzeit gegen seine Ueberzeugung und um geringfügiger Anlässe willen, in die Lage kommen, sein Leben zu wagen. Die berühmten Beispiele aus der Neuzeit: die Tödtung des preußischen Polizeipräsidenten v. Hinkeldey durch Hrn. v. Rochow, und des Socialistenführers Lassalle durch Hrn v. Racovizza beweisen dies hinlänglich, da wohl nichts der urgermanischen Auffassung des Ehrenkampfes ferner steht, als Polizei und Socialismus. Ebenso das Duell Bismarck's gegen Virchow, der Gesandten Turgot und Soulé, der Minister Rattazzi und Minghetti, des Kriegsministers Chazal, der Prätendenten Montpensier und Infant Enrique. Das also, daß Niemand sich etwas angeblich Verpöntem entziehen kann, ist das Wesentliche, was das Rechtsbewußtsein tief verletzt und beseitigt werden muß.

So oft besonders schwere Fälle oder ein ausnahmsweises Aufschäumen der Kampflust die allgemeine Aufmerksamkeit auf sich lenkt, wie z. B. das Massacre in Baden = Baden 1844 zwischen Haber, Göler, Sarachaga und Werekkin, oder die jüngste Duellserie mit politischem Hintergrund in Budapest, geht eine gewisse Emotion durch die Gemüther, man macht Vorschläge, schreibt Brochuren, appellirt an die Umsicht und das Gewissen der Gesetzgeber. Doch sehr bald ist der Eindruck verwischt und es bleibt Alles beim Alten.

Sehr beachtenswerth ist der Gegensatz zwischen dem Nachdruck, der Energie und Consequenz, mit welcher die Frage der Aufhebung der Todesstrafe behandelt wird, zwischen den leidenschaftlichen Debatten, die darüber in fast allen Ländern und Parlamenten Europas geführt werden, und der Apathie und Gleichgiltigkeit, mit welcher die Duellfrage bei Seite geschoben wird, d. h. die Frage, ob denn in alle Ewigkeit Gesetz und Sitte keinen ausreichenden Schutz gegen Ehrenbeleidigungen gewähren werden, ob denn unabänderlich die Duelle auf dem Papier mit den härtesten Strafen getroffen, in Wirklichkeit aber ganz straflos bleiben sollen? Und daß die letztere, so schnöde vernachlässigte Frage fürwahr die schwerere von beiden ist, das kann ganz nüchtern statistisch nachgewiesen werden. Die Weichherzigkeit der Geschworenen und Richter und die Gnade der Monarchen hat in den letzten Jahren (1870—78) die Zahl der wegen Mord wirklich vollzogenen Todesurtheile auf jährlich 50 in ganz Europa herabgebracht, wovon 15 auf Großbritannien, 12 auf Frankreich, 8 auf Oesterreich-Ungarn, 6 auf Deutschland, 4 auf Belgien, 3 auf Italien, 2 auf Schweden-Norwegen entfallen, während das übrige Europa keine Hinrichtungen wegen gemeiner Verbrechen sah. Rußland verhängt bekanntlich die Todesstrafe ausschließlich für politische Verbrechen. Diese 50 jährlich Hingerichteten sind die Quintessenz der ausgesuchtesten Scheusale: Vatermörder, Assecuranzspeculanten, welche ihre Frauen vergiften oder Schiffe in die Luft sprengen, um die Prämie zu erhalten, gewerbsmäßige Raubmörder, oder Ungethüme, welche nach befriedigter Wollust aus Blutdurst morden. Um das Leben dieses Abschaumes der Menschheit bestürmt eine Elite von Menschenfreunden und Rechtsgelehrten alle Parlamente, sieht es aber kalt und schweigend mit an, wie mindestens die gleiche Anzahl meist junger, theilweise der Blüthe der Gesellschaft angehöriger, fast ausnahmslos unbescholtener Männer im Duell fällt, weil man es ihnen unmöglich macht, dies Auskunftsmittel zu meiden.

Denn sehen wir uns einmal etwas um, was die gegenwärtig giltigen Strafgesetzbücher Europas über das Duell besagen und was sie gegen dasselbe leisten. Man kann dieselben in drei Classen eintheilen: in solche, welche des Duells nicht Erwähnung thun und wo die Auslegung Geltung hat, daß das Duell nicht verpönt sei; dazu gehören der französische bis zu den Entscheidungen des Cassationshofes von 1837 und 1845, der niederländische, luxemburgische, norwegische und spanische Codex und die Strafgesetzbücher einiger Schweizer-Cantone. Auch der oldenburgische Codex bis 1872 und der bairische von 1813 ließen das Duell ganz unberührt; — zweitens in solche, welche das Duell nicht als einzelnes für sich bestehendes Vergehen aufführen, es aber unter einem anderen Verbrechen oder Vergehen subsumiren. Zu diesen ist der englische, schwedische, dänische, portugiesische Strafcodex, endlich seit 1837—45 auch der französische Codex zu zählen. Laut diesem ist die Tödtung im Duell als Todtschlag, die Verwundung im Duell als leichte oder schwere Körperbeschädigung anzusehen. Die Secundanten werden — in solchen Fällen — der Theilnahme oder Vorschubleistung von Vergehen angeklagt. Der braunschweigische Codex rechnete das Duell zu den Verbrechen wider die öffentliche Ordnung, der hannoverische als Auflehnung gegen die Obrigkeit; — endlich die dritte Kategorie von Strafgesetzbüchern hat Particularbestimmungen gegen das Duell als für sich bestehendes, eigenartiges Verbrechen. Dazu gehören: der belgische, deutsche, österreichische, italienische, russische, Basler und Genfer Codex. Der Intention nach ist das jedenfalls noch die beste Gattung, welche wenigstens specielle eingehende Abhilfe beabsichtigt. Doch wie ungenügend und ungleich diesen Intentionen entsprochen wird, das zeigt schon der Umstand, daß nirgends die Schwere der Veranlassung oder die Frivolität des Vorwandes als mildernd oder belastend berücksichtigt wird, daß der Beleidiger, also der wahre Urheber, nirgends härter bestraft wird als der Beleidigte; und insbesondere folgende Zusammenstellung: Die Herausforderung, welcher kein Duell folgt, wird in Italien bestraft mit höchstens 500 Fr. Geldstrafe, in Belgien mit 1—3 Monaten und 100—500 Fr., in Deutschland bis 6 Monate Festung, in Rußland 3—7 Tage Arrest, in Oesterreich das Militär 1—3 Monate, das Civile bis jetzt 1—5 Jahre, im Strafgesetzentwurfe von 1878 bis 6 Monate.

Das Duell ohne Folgen wird bestraft: in Rußland mit 3 Wochen bis 3 Monaten, in Italien mit 4 Monaten bis 1 Jahr, bis 4000 Fr. Geldstrafe und Verlust der Bürgerrechte auf 5 Jahre, in Belgien mit 2—18 Monaten und 200—1500 Fr., in Basel mit 1—4 Jahren, in Deutschland mit 3 Monaten bis 5 Jahren, in Oesterreich beim Militär 6 Monate bis 1 Jahr, beim Civil 1—5 Jahre, im Entwurf von 1878 3 Monate bis 5 Jahre.

Das Duell mit Verwundung in Rußland 8 Monate bis 3 Jahre, in Italien 3 Jahre, 4—6000 Fr. und Verlust der Bürgerrechte für 5 Jahre, in Belgien 3 Monate bis 3 Jahre und 400 bis 3000 Fr., in Genf 4 Jahre Verbannung, in Basel 4—8 Jahre, in Deutschland 3 Monate bis 5 Jahre, Oesterreich beim Militär 1—5 Jahre, beim Civil 5—10 Jahre, im Entwurfe von 1878 3 Monate bis 5 Jahre.

Die Tödtung im Duell wird bestraft in Rußland mit 2—7 Jahren, in Italien mit 5—8 Jahren, mindestens 6000 Fr. und Verlust der Bürgerrechte für 10 Jahre, in Belgien mit 6 Monaten bis 5 Jahre und 1000—10.000 Fr., in Genf 8 Jahre Verbannung, in Basel 8—12 Jahre, in Deutschland mindestens mit 3 Jahren, und wenn der Tod verabredet war, bis 10 Jahre, in Oesterreich beim Militär 5 bis 20 Jahre, beim Civile 10—20 Jahre, im Project von 1878 2—10 Jahre, wenn der Tod verabredet war, bis 15 Jahre.

Die Secundanten sind in Basel und Genf straflos, werden in Rußland mit 3—7 Tagen, in Italien bis 500 Fr., in Belgien 1 Monat bis 1 Jahr und 100—1000 Fr., in Deutschland bis 6 Monate, in Oesterreich beim Militär 6 Monate bis 1 Jahr, beim Civil 6 Monate bis 5 Jahre, im Strafgesetzentwurfe v. 1878 bis 6 Monate bestraft.

Diese Uebersicht zeigt, daß für denselben Fall in einem Lande 7 Tage, in dem anderen 5 Jahre, oder in dem einen 6 Monate, in dem anderen 20 Jahre verhängt werden; sie zeigt, daß ein ohne tödtliche Folgen verlaufendes Duell, obgleich hiebei die Absicht zu tödten vorlag, milder bestraft wird als ein — vom Willen unabhängiger tödtlicher — Ausgang; sie zeigt namentlich im bisher bestehenden österreichischen Strafgesetz neben der bedenklichen Verschiedenheit des Militär- und Civilcodexes die größte Härte unter allen Specialgesetzen. Vor Allem leuchtet aber daraus die völlige Erfolglosigkeit der Strafandrohungen hervor, welche auf deren fast regelmäßiger Nichtanwendung beruht.

Kann es denn ein beredteres Zeugniß gegen die Wirksamkeit all' dieser Gesetze geben, als das Factum, daß in Holland und in Norwegen, wo das Duell straflos ist, man sich weit weniger duellirt als in Frankreich, wo es unter Umständen dem Todtschlag assimilirt wird, und als in Oesterreich, wo bis 20 Jahre dagegen angedroht werden. Kann es etwas Ueberraschenderes geben, als die bis 15 Jahre reichende Strafandrohung für Tödtung im Duell in dem § 212 des in so vielen anderen Punkten so trefflichen österr. Strafgesetzentwurfes von 1878, während die Verfasser desselben sechs Paragraphe weiter, im §. 218, die untere Strafgrenze für mit Ueberlegung ausgeführten Mord auf 10 Jahre festsetzen, also zugeben, daß es Fälle geben könne, wo ein Duellant härter bestraft werden soll, als ein Mörder.

Die Prüfung selbst der neuesten Ergebnisse der Strafgesetzgebung legt also unwiderleglich dar, daß man selbst in den auserwähltesten, maßgebendsten Kreisen sich noch immer gewissen fundamentalen Wahrheiten in Bezug auf den Zweikampf verschließt und dieselben nicht berücksichtigt, obgleich schon Bentham, Bourlamoqui, Pufenborf und Beccaria im vorigen Jahrhundet und in dem unsrigen vor Allen Barthe und Livingstone dieselben eindringlichst eingeschäift haben, nämlich:

1. Daß das Gesetz, welches den Zweikampf bestraft, gehalten ist, an Stelle dieses Auskunftsmittels etwas Besseres und Wirksameres zu setzen, und daß dieses Bessere vornehmlich in der strengen Bestrafung der Ehrenbeleidigungen, in deren Untersuchung durch besondere zu diesem Zwecke eingesetzte Gerichte besteht.

2. Daß das Gesetz keine Strafandrohungen enthalten darf, welche mit den herrschenden Sitten, mit den überkommenen und fortlebenden Begriffen zu schroff im Widerspruche stehen und daher durch ihre Nichtanwendung das Rechtsbewußtsein tief erschüttern und den erträumten Abschreckungszweck völlig verfehlen.

So lange diese Wahrheiten nicht berücksichtigt werden, insbesondere so lange kein ausgiebiger Rechtsschutz gegen Ehrenbeleidigungen geschaffen wird, werden die wohlgemeintesten Declamationen gegen das Frevelhafte und Absurde des Duells spurlos und machtlos verhallen, und so lange eine Ohrfeige den Ertheilenden nicht in empfindlichste Strafe und gesellschaftliche Aechtung stürzt, wird der Getroffene, und wäre er theoretisch der überzeugteste Gegner des Duells, stets an dasselbe appelliren, weil er, vom Gesetz und der Sitte ungeschützt und verlassen, zur Selbsthilfe gedrängt wird.

Ich habe lange darüber nachgedacht, weshalb namentlich die Ermahnungen oder Predigten der Religionslehrer gegen das Duell stets so vollständig fruchtlos geblieben sind, selbst in sonst frommen und der Kirche anhänglichen Ländern, und ich bin zu der Ueberzeugung gelangt, daß diese Wirkungslosigkeit der religiösen Abmahnungen eine verdiente ist, weil alles Schöne, Gute und Weise, was sie gegen den Zweikampf vorbringen, sich gerade aus dem christlichen Standpunkt in weit höherem Maße gegen den Krieg, gegen dieses anbefohlene Duell von Millionen, einwenden läßt und weil dieselben Religionslehrer gegen dieses weit verderblichere Massenduell nicht mit demselben Freimuth auftreten, weil sie die hohen Lenker der Völkergeschicke nicht verantwortlich machen für die mit Anspannung der letzten Kräfte und Hilfsmittel der Staatsbürger herausgepreßte Bereithaltung dieses Völkerzweikampfes. So lange also der Krieg in Permanenz bleibt und die Gegner desselben verächtlich Schwärmer gescholten werden, so lange beide kriegführenden Theile ganz wie im Gottesurtheil Gott zum Zeugen ihrer guten Sache anrufen, so lange die Erfolge eines Hinterladersystems oder einer Gefechtsform Gottesfügungen zugeschrieben werden und nach dem Siege in den Kathedralen beim Tedeum dem Gotte des Friedens und der Liebe Preis und Lob gespendet wird, weil 10.000 Menschen an einem Tage abgeschlachtet wurden, so lange werden auch die Predigten der Priester gegen den Kampf des Einzelnen um seine Ehre ungehört verhallen, weil sie nicht den Muth haben, den Kampf der Massen um die Macht der Einzelnen zu verdammen.

Alle Regierungen und Volksvertretungen, welche die Beseitigung des Duells ehrlich wollen, und welche es verschmähen, unausführbare und unausgeführte Gesetze unter schwerster Schädigung des Rechtsgefühles aufrecht zu erhalten, sollten sich in dem Streben einigen, möglichst gleichartige Gesetze zum Schutze der Ehre zu schaffen, welche es der großen Mehrheit, den Rechtlichen und Besonnenen, ermöglichen würden, sich an das Gesetz und nicht mehr an die Selbsthilfe zu wenden. Dann erst könnte man über den Rest der Ungehorsamen mit Beruhigung empfindliche Strafen nicht nur androhen, sondern auch verhängen.

Was man also mit Recht von der Weisheit und Menschenfreundlichkeit unserer Gesetzgeber verlangen kann, ist ein Special-Strafgesetz gegen Ehrenkeleidigungen mit Berücksichtigung aller Nuancen und Einzelnheiten und mit empfindlichen Strafen für die schwereren Fälle. Vorbilder dazu fehlen nicht, ich erwähne nur der Vorschläge

Bentham's, dann des in 84 Paragraphe gefaßten Gesetzentwurfes für das Königreich Sachsen (1855), welcher nie zur Ausführung kam, vorzugsweise aber des trefflichen, von Livingstone für Louisiana in 43 Artikeln verfaßten und dort giltigen Gesetzes gegen Verleumdungen und Injurien, endlich die blos auf das Militär eingeschränkten Ehrengerichts- und Ehrenrathbestimmungen in Deutschland und bei uns. Die Untersuchung und Austragung aller dieser Angelegenheiten müßte einem Ehrenrath oder Ehrengericht übertragen werden, welches bei uns etwa in drei Instanzen gegliedert (für Bezirke, Länder und den Staat), theils aus Mitgliedern, die ihr hohes Amt dazu berechtigt, theils aus vom Kaiser dazu ernannten Vertrauensmännern, endlich etwa zur Hälfte aus Gewählten bestehen müßte, etwa nach dem Wahlmodus der Senate von Belgien und Frankreich. Was ein solcher Ehrensenat der Besten im Lande beschlösse und verhängte, würde wohl befolgt, durch die öffentliche Meinung sanctionirt werden, dürfte sich bald einleben und zu Fleisch und Blut werden, entgegen dem tobten Buchstaben der heutigen Gesetze.

In gewissen, ausnahmsweise schweren und durch beiderseitige Schuld unlöslichen, dem Dunkel des Familiengeheimnisses kaum zu entreißenden Fällen müßte, wenigstens für eine Uebergangsperiode, das Duell von dem Ehrengerichte gestattet werden dürfen. Dann aber, nach solchen eingreifenden Zugeständnissen an den modernen Ehrbegriff, sollte und müßte der die Entscheidungen der Ehrengerichte verachtende Duellant unnachsichtlich, vor Allem aber mit Verlust der Bürgerrechte und der Fähigkeit zu Ehrenämtern, mit hohen, dem Vermögen entsprechenden Geldstrafen, getroffen werden. Dieser Punkt, der praktische Werth hoher Geldstrafen, ist gegen das Duell bisher blos in England und in Frankreich ausgenützt worden. Anstatt der poetisirenden Festungshaft oder Verbannung thut eine ernüchternde, an die Bequemlichkeiten des Lebens greifende Geldstrafe (wie die 10.000 Francs an die Mutter des getödteten Journalisten Dillon zu zahlende Leibrente, welche dem Herzog von Gramont-Caderousse auferlegt wurde) gewiß die abschreckendere Wirkung.

Ein großer Einwand wird gegen solche allgemeine Ehrengerichte erhoben, die Schwierigkeit, die unterste sociale Grenze zu bestimmen, bis zu welcher dieselben Ehrenhändel zu schlichten hätten. Diese Frage ist nicht so delicater Natur, da ja dieselbe Schwierigkeit sich für das Duell auch ergibt, für welches auch so Mancher theoretisch nicht für satisfactionsfähig gilt, es aber sogleich praktisch wird, sobald er durch eine schwere Insulte sich dieses Recht erzwungen hat. Es wäre daher einfach Jeder, der sich an die Ehrengerichte und nicht an die gewöhnlichen Gerichte wendet, zu berücksichtigen, da er ja dadurch seine Werthschätzung der Ehre angedeutet hat.

Durch eine derartige Combination von Ehrenschutz mittelst Specialgesetzen und Specialgerichten und von thatsächlicher empfindlicher Bestrafung der Unfügsamen, vornehmlich an Bürgerrechten und Geld und Gut, würde, dies ist meine feste Ueberzeugung, binnen wenigen Jahren mehr erreicht werden, als in Jahrhunderten systemlosen Schwankens zwischen ohnmächtigen Drohungen und offener Straflosigkeit, es würden dadurch sociale Zustände beseitigt werden, welche einem unvorbereitet unter uns tretenden Fremdling unverständlich sein müßten, die nach reiflichem Nachdenken nicht viel verständlicher werden, und welche unausgesetzte Beleidigungen des Rechtsgefühles enthalten.

Aber eben so fest ist leider meine Ueberzeugung, daß meine Augen den Tag nicht sehen werden, an welchem so ernstlicher Ehrenschutz durch Parlamente decretirt und durch Regierungen ausgeführt werden wird. Der Ausspruch Savigny's, daß unser Zeitalter keinen Beruf zur Gesetzgebung hat, bewahrheitet sich von Jahr zu Jahr entmuthigender, und höchst wahrscheinlich wird das 19. Jahrhundert enden, ohne das Duell durch etwas Besseres ersetzt zu haben. Die Fratze des Duells, die tragische wie die komische, wird wohl verschwinden. Ein Chevalier de Maureval, der unter Karl IX. seine entwaffneten und zu Boden geworfenen Gegner im Duell ohne Zeugen mit an die Kehle gesetztem Dolch versicherte, er werde ihnen das Leben schenken, wenn sie Gott verläugneten und der, wenn sie dies thaten, sie augenblicklich tödtete, um — wie er sagte — die Seele zugleich mit dem Leibe zu verderben, wird wohl eben so wenig wieder auftauchen können, als ein Marchese Sagromoro, der sich achtzehnmal schlug, um zu beweisen, daß Ariost ein größerer

Dichter sei als Tasso. Also die Ausartung und Caricatur des Duells wird nicht wiederkehren, aber lange noch wird so mancher rechtli_e und vernünftige Staatsbürger als Richter in der eigenen Sache tödten oder fallen, weil seine Gesetzgeber diese seine Sache nicht in die Hand nehmen wollten und ihn selbst weder vor Schmach noch vor Sünde und Tod zu bewahren verstanden.

Mäßigen wir deßhalb unseren Jubel über Fortschritt und Cultur, so oft neue Bergkolosse durchbohrt und neue Landengen durchstochen werden; selbst wenn die Lenkbarkeit der Luftschiffe gefunden wird, und wenn die fernsten Himmelskörper unserer Kenntniß noch näher gerückt sind, seien wir nicht allzu stolz auf unser Wissen und unsere Macht, denn dieses Wissen und diese Macht sind nur tief und groß im Erkennen und Beherrschen der Natur. Uns selbst, den Menschen, kennen und gebieten wir nur unvollkommen und keine einzige große sociale Frage haben wir gelöst, und da fort und fort denen, die einander nicht hassen, noch der Krieg, und denen, die arbeiten können und wollen, noch der Hunger droht, so verschwindet der kleine schwarze Punkt der Zweikämpfe in dem unabsehbaren düsteren Gewölke des Menschengeschickes.

Damit entfällt aber für Niemand, der dazu berufen ist, die Pflicht, das Möglichste beizutragen zur Beseitigung eines, wenn auch geringeren socialen Uebels.

Wenn mein Vortrag auch nur einige Wenige von der Möglichkeit einer Lösung durch die angedeuteten Mittel überzeugt hat, so habe ich meinen bescheidenen Zweck erfüllt.